国文学研究資料館影印叢書7

嵯峨本　方丈記

勉誠出版

序　言

二〇一二年は国文学研究資料館創立四〇周年にあたる節目の年であると同時に、『方丈記』成立八〇〇年の年でもあった。そこで館では、創立四〇周年特別展示として、「鴨長明とその時代　方丈記　八〇〇年記念」と銘打った展示を、中世文学会の全面的な協力を得て開催した。

展示された長明関連の典籍のなかでも、来館者の注目を集めたのは財団法人前田育徳会・尊経閣文庫より拝借した鎌倉期の平仮名写本と、ここに影印を刊行する館蔵「嵯峨本方丈記」であった。『方丈記』最古写本、鎌倉時代写の大福光寺本は片仮名で記されているが、この二本は流麗な平仮名本で、写本の尊経閣文庫本に対し、「嵯峨本 方丈記」は江戸時代初期、角倉素庵によって企てられた平仮名の活字印刷本である。

古く江戸時代には、今日の文学史が説くような「物語」や「随筆」といった文学ジャンルの区分はなく、江戸時代の出版物の『書籍目録（しょじゃくもくろく）』では、『源氏物語』や『枕草子』、『徒然草』などと並んで、『方丈記』も「歌書」に分類されていたが、「嵯峨本 方丈記」は、まことに文字、製本ともに歌書と称するにふさわしい美本であり、以後、もっぱら平仮名で出版された『方丈記』版本の先蹤となった冊子である。また、本「嵯峨本 方丈記」は、擦れた蔵書印から窺うに、曲亭馬琴と親交のあった蔵書家で松坂の豪商小津桂窓の「西荘文庫」旧蔵であることが知られる。

「解説」は古活字版研究の俊英、法政大学教授小秋元段氏に委嘱した。簡にして精を極めた解説をお寄せくださった小秋元氏、撮影・印刷において嵯峨本の風情の再現に努めてくださった勉誠出版に御礼申し上げる。

国文学研究資料館館長　**今西祐一郎**

目次

［凡例］

一、本書は、国文学研究資料館所蔵『方丈記（嵯峨本）』（請求記号99-168）の全巻の原寸大原色影印である。
一、料紙には下絵に雲母刷が施されているため、その意匠が目視できるよう、光源を調整して撮影をした。
一、影印末尾に下絵の意匠ごとに分類した雲母刷文様見本を附した。

1　前表紙

3　前表紙 地紙

ゆく川のなかれハ絶すしてしかも
本の水にあらすよとみにうかふ
うたかたハかつ消かつ結ひて久しく
とゝまる事なし世の中にある人と
住家ハ又かくのことし玉敷の
都のうちにむねをならへいらかを
あらそへる高き賤しき人の住居ハ
代々を経てつきせぬ物なれと是を
誠かと尋ぬれハ昔ありし家ハまれ

作也あるハ大家ほろひて小家と成
住人も是よ同し所もかハらす人数
多かれと古見し人ハ二三十人か中に
わつかにひとりふたり也朝よ死し
夕へに生るゝならひたゝ水の泡よ
似たりけるしらすむまれ死ぬる人
何方より来て何方へか去又しらす
仮乃宿り誰か為よ心を悩まし何よ
よりてか目を悦ハしむるそあるし

と梅やさき〱夜あらそひ見る桜にはしく
かのかみ露りし黄なるすゝある日露
落て花残まつ残ふとひゝへ世乾目母
不まぬ或ハ花見たほこて露かれ涼す
きこえたしとのへ世にいたは事則し
凡兆乃心から志禮るゝしより四十餘み
あまた法を遂る写母世に不思議なる人す
すや〱度〱よまわぬ未安元三年
四月廿八日いうとゝ風えん〱ほいにて

閑なりしさまし夜戌乃時ならぬわれの
く保三ツより火出ましてゝいぬゐへ
まかせて焼はらふ薩摩門大様殿大学寮
民部殿まで焼まして一夜か程に灰と
成にき火本を樋口田小路とやら病人
成宿をおのれよりまし出来くると多く
吹まよふ風にとりみだしはしりけれはまに
病をひきいてたちまちとくすゝみ行に
其わぬ哀なる煙りにむせぶの近ま

あたりを一ゆかのほ炎地へしふき
はきたる空中は炭をのちしてたまち
火炎ひりまつり映し一倍あか下花く
見たる中に風は焔吹きし飛たる
炎焔のことく見にして一二町を越
浮きはかりて中の人ゝはしきしぬ
かくせしや或は煙にむせひあたふ神
よし或ハ炎に焼くれて忽り死ぬ
或ハみ、まはりか身一りしくして道

なましゐ資財を取出るに及ハす七珍
万宝さなから灰燼と成にき其費へ
いくそはくそ此度公卿の家十六焼
たりましてその外ハ数しらすへて
都の中三分の一に及へりとそ男女
死ぬるもの数千人馬牛の類ひ辺際を
しらす人のいとなミ皆おろかなる中
にさしもあやうき京中乃家を作る
とて宝を費し心を悩ます事ハ

すくれてあらき所〳〵そ侍るへ案の又
治承四年卯月廿九日に中御門
京極乃程より大なる辻風おこりて
六条迄ふきわたりぬしくにふ侍り
侍る発三四町斗ふけて吹ゆくる間
よもりる家ともは大なるも
ちいさきも一としてやふれさるは
所〳〵を所〳〵ゆ入りたふれたる故
あるはけた柱ゝわのこ残るもあり

又門乃うへを咲たふちて四五町の
ほとりを通まして墻成ふきりしひて
とまりやひとはよふとまれをすや
あのうちらはたりし数をほしし侍
宿よありまき椿はふき板乃影ひ多み
木乃葉乃風ゝ乱ゝゝゝゝとし
紫を耀若こゝふ紫して歴きた
すへて目なかくれをひたゝし見
春をしく花青み梅りふ香もゆえれ

地獄乃業風かはせかくこそあめとそ
覚えける家の損亡しける乃えなりけれ
足を取はくしふ母子弟成りこあひ
うたまはりはえりしをさしはは風
ひほし〳〵まはか乃あうし梅まりて
多見し孫人の数をあとまと辻風ハつゐ
りけり暗梅な狂出かしふ事やく
あゐたゝすふあしけはさうへ業充乃
きとしこの形とそうしひ給まし

又かなし手乃ゑせ月みこ御儀よ
れ歴々待つる巻れと思ひの外成し
すや大かくしほ京乃姫をやうた源藤
天皇乃御時君とまゐらす給
より後すてゝ千数百歳を経たることを
聊くてたやすくあしたまゐるへく哉
あし孫を見を世の人たやれしは
然あへるきぬことゝいふとしもたら
さら猶也とり見いふし聊くて候门

よりをゆめまて大臣公にてことくく
うちそ給ひぬ世にはかのは雅乃人
詠り揚撥にて残し給ふ位は思ひ成
よけ立見乃歌を秋ほとおく人を一日
職ともとくねし給ひとおけれあへるを
時なりし――あひ世のありあまさる折て
翻ひける所なき光は藤なりしとまわ
をそ軒をあらうひさ人乃位ぬはな
経ぬ〳〵並りあえこほたまて淀川千

浮ひ地を目あてにし西北なる人々に心
又所あしたまわりて大ゝなる観成の見
をまくれは東ゝ成用とける人所ー
西南海の所あを飯ひ東小西の唐国
成船を好まれて時を乃川ゝすり使
をて核は國の乞お京母萬まる所の
てきる國をみくろりて地程をそくて
勝里をまよにてくれは小船山よ縁て
高く見へたゝ之船を渡りて進くて下まて进まて

渡乃はてまりかはのすゞしく
揚風さとにをくし又内裏ゟ山科中
なり殿ハ仕末死難もかしや此ゝ御く
やまのりるまてゝ像なるうたも侍アのとき
月ゝ入りこゝかゝて川なき哉あへハ
運ひくたれ高ゝもとく小服まつ冊り
あくなき殿世界しきやたけ多く逍まふ
虚をすくなし殺ハそ腹よ送つ斬れ
たゝれましなましれあつましめ人ゟ所

浮雲の思ひをなすを東よりわれ此所よ
居る老翁を招きよしあひて然へと
すゝ里住人翁出来乃勝あるらの哉
歎く老おゐ道を見んまてハ東に来へ参の
きつるこりかの衣冠布衣なゐへき者
直垂を着たるわねおほ茶里忽よ段まて
たゝひとひたる武士入りし長かり候
足ハ世の乱れゆく独わりともをくる
哉きるかくハ、我程はゝ世居中うし、きた

て人乃さゝしぬるもむさぼりしは民の煩
はいは宮しうしくもはいはい四面
乃みをなきしき京入り偽たまひて給
さら祈りしこはぢら渡高まし実せめつつ小
かわふをふかみりさゝしく峯乃桜
あまほくしはかのこの子侍へ耳入り
いわ子し西岸うしき御代也は
膝をもて国を治め則汚穢子募成
ふきて軒をもれもかざしみへは煙の

ともし／＼きを見給ふ時ハ限りもあらし
凡情ハ物をきく遊る事さら猶ハ民を
恵ミ世代たすをたまふによつて也
それ世中にもさ毎善ハあすつひて
忘ぬ屋しく又貴賤のはりとくりぬ給
まわてたまりもも覚えれ二度り要
飢渇して渉ましますり給き或ハ
去夜日ても或ハ秋冬大風大雨など
ようしぬ事ともうちつゝき五穀

こ此〳〵なミの〳〵は定り見ゆ

耕し夏種るはと取ミ乃えあまたて

秋刈冬眠るそめきハあし是也

よ法て国〳〵の民あそひを地を捨て

畑を出戯を家を三て山入り住様〳〵

浮行し可乎と多へてなすゝぬ法とも

乃ハ不違とも更にてきる〳〵なし

座乃なすゝひのハよ法くて哉男所本

き田舎哉こそ取免るに絶てとふ文

あけほのハきりのえやハ見えきかもれまと
あへす定し窓はしゝ硯拂ふこゝし
よわすはるゝとも住まゐせ更よ目見
たはる人なしたゝくかふる物を
盆を離くし粟を重くれ乞食人乃
道り多く然へ也しふ聲耳よ
三てま先お色かく乃ことはしく
しそ皆ぬれる筆ぞえな我おへ義の
うゝ此ゝ思ふれしあまきん道やこす

まひてますます体様よ治うとりし世に
人又取和歌けれども目をさましきハ
耳よりを留め水の色乃たとへ多
時へ至りてり然を筭うしきさへひま
流ゝミよ倫しき詠しだくる花ひた
すゝみ毎よ気あらくかくてひまき
なる花ともあらくかと見神を則
たふまえぬはいひきのはしく詠歌よ
和歌めで数ひを数きしくひとるを探る

五を越にけれハくさ〳〵き春世界入
尽をしく有りしとりかゝるよふに候
目もあてられぬうのおかりさ況や
川原ゆとよはる事みりちかくにて
しふも明しあやしき銭山に作も
力をこ荊よきくともさなき旅ゆけ共
たのむかたなき人共三川うしなひ成
こほれて市に出てうぶり一人に
おいてめぐあきのた我一日に前を

さてかはりてかはなりけりとぞあや
しきこの寒かしお菊の中に丹後な
白うまこか福の花さく所にうりはき
て見遊る末のやまさあひましまわ
い我たち伝ぬまいすへ寒のうたかな
老の古寺にまゝて佛をぬすみ堂の
物おち具足やふりて取てまくたゝふ
取くら濁悪の世はさもまきあひてゝ
かくはにうかわしをあそ見侍らん

ゑなる事は是非もとへてきし女男
所とおたつる光を心にしまさうて
ふりきき身かなしくは死する事れは我身
年をとり次第になりても男ともあまた女にも
あ禮いくりしたは思ふにあにたゆへく
ちえしたほ物を先申候るによりてや
さら我は女子ある光は宮まそふり
よそ歎きさききさて死よくる女毎の
おもてふをよ成ましゆしていと思

かなしき孫子の乳房をすひはなれく
みをとる形ともせぬものも仁和寺に隆暁
法印といひける人かく〳〵しはてる人
まゝし死ぬるを歎きて其を傾う
かゝるひとつゝ死首乃見ゆる毎に
阿字を書て縁を結ばしむる事をなせり
あまた其数を知らんとて数をしるして
四五両月の程かぞへたりければ
京の中一条よりは南九条より北京極

よわ西蓮華わうゐん東おもて乃色にあつ
類すへて四方二千三百余体あるを
かゝる況やまた後乃色めさまの故
多くの河原白川西おもて京も近く落色
地形よくいへて以はし陰陽もつ
面白しいふに況や諸国七大寺や
近くは崇徳院乃御位の時長承の比
ひとしくかしこきためしめぐわとゆと
花の世法不野にさきしにまのあつまる

ゆとれらり丹此しりるゝしすや
又元暦二年の比大な井ふはす
侍りきそ様つねならす山くはれて
川をうつミ海かたふきて陸をひた
せり土さけて水を涌あかるいハほ
やまきて谷よまろひ入渚こく船ハ波
よたゝよひゆく駒ハ足の立とを
まとハせる況や京吉乃邊に在ゝ
所ゝ堂舎塔廟一つとして全からす

或るく清き或ハたゝふ神ゝ保あひた
蓬莱之上をもて盛なる煙萎ことし
地の素朴家乃やふ保ゝ香りゝ清ち
にことかましは其乃中に在神ハ忽丹
すひしをふせとれりし星出きを
又地やまをく羽ふけき登ろへも
あうる面うしは熟なし花ハ雲ろり
のほゝ登ろ雑しなう紙の中ハ
思ろへりてをくるを大く地象成くわ

とそ覚侍しに中入あつる武者乃
ひとり子法師七つ八つは侍りしの
法師ひらのおかひの下に小家を作て
墓ふけなる涙なかしつ成しておうひ
侍りしの儀小く請まうめし紙て
陰うとあくゆみおひさとのまて二の
同形と一寸斗うち出さし紙く絵をよ
毎かしへて辞をおしまいの形たミ
あひて侍りしこう答小路し見ゝ

又侍る一ヶ子ふの形ありミ入りしを
たくきえも那をミきゝわと覚えて
いとおしく理り亦小そ見侍るに
かくをひたゝ要かなり好きし
まく盈三廿一この重必疑ハく
終ハよりて盈入り寺くはと莫け表
二三十度かゝぬ目好な一十日廿日
て廿一日ハやまし〳〵暮と成入り
まかて盛を四五度二三度もしを

一月まても二三日よ一夜雨と大ふりて
も出殘三月斗やゝ時至り毎四大種の
中り水火風のてう害成事とく
大地よ至まて八難なる變を取りつ
昔斉衡之比とくく大地震動至てく
東大寺の佛落たし落事と一條
以て一なりつ世代至けまきや既度
如是志りんとそ則人民取あらき
たちも事を遠てハさくなり心乃濁も

うすゝくり咲見し雁乃月日
重ねわた越しり八後を言の葉に
よけてゆひ出る人ゝふれしすへて
世おあまふく黄の我身と栖との
墓所くあくたまる桜かくのさとし
況や所せはわる乃ほとにさそうひ
てゝ心をふやまれ事あくて不そぬ
庵しれ申をの住うゝ身けりれ
して松門乃綠り奈る花ハぬかく

咲みる事あれとも大方楽しぬき
あかりしハ数ある時も聲をあけて
泣すなりし進退安からしハ之か為に付て
悲き道をのかれたとへハ蓬の鳥の巣
に近はくるゝきさしもしもし食なく
して雨のふるに隙入りをる夫ハ朝よ
すほき後成和て雨はふらひはらく出へ
妻子僮僕乃うしろめたきなとやくる
しも雨のあふ人のあはりし語なぬ

気をやぶるも心気こりをこきて
と養生しさへやすくしひなをたへ命の
地より爲まを近く炎上しける時も害を
のかれしもし危地へ入
あきハ継反をさしひおかく盗賊の
難をもふ禍りたし以券ほひみ免るゝ
貪欲ふりくひとわりなる老ハ人よ
うるまゝめゝ本貧あ禍をおこり移多し
貧しけれど歎切也人をれめハ身

徳の應ほことしるわ人を有こくめあを
心恩能よ作りたる字無本志てとう母姫
男子孫し又志たりハ孫娘覗ゝに
也しかの作き乃所をきめのかなる
也もゝ成してり志りしも性男を結し
玉遊らもすゝしゐを慰むへ妻の門り男
は有孫祖母共家成侍へて父し成
嫁所よ徳で後孫のけ男ホと此へて
志のよりたく志かり鬼し　こハ給こ

住ぬる隠とせるゝりをはすゝして
三十路小しも実よ我心と一所庵を
結ふ足をとゞめ住居小茶川ゝすゝるに
十かゝり一也友くみ夙手をかまへて
そゝりく鮫を屋をかゝるとりなりくれ
又住ゝ小住みひち残侘くかとかゝくせ
門たはるりたは門竹を植と
しも東下宿是やしをまき雪降風吹毎小
あやうしくはしなあしく唯一川ぞ

近比ハ水無瀬かゝく白浪乃跡も
きりしすへてあらぬ世を見し
をしはゝこゝをあやまちはうれ
三十餘歳や手習折ゝ乃たしなめに
をの德しらへしりしき運成ともとめぬ
すなはち五十の秋を迎へてお家成出
世をさう世をくゝわ本よりは妻子なくきて
持ちたる業もすゝ故なし身は浮雲
あらんはありし付ての物を取ゝめ世

宝暦大和山乃霞よりそこハくの春
秋をり経めぐる霜に六十の露清香に
及て更に末葉の風とわを継へ来り
あまた以はしけ猶人も一夜乃宿成ける
老たるか以こもまた遊を以とむの
ことし花を中比の住家よ安れハ
また又百かり一ありたるまなりれ
咲とりくりよ桜よ数を尽して斗りた
ふ桜梅を折てよきりし玉あるを清み桜

よ乃てまなし次ハ滝之ハまた深りに
方丈高さハ七尺りうちぬ所を思ひ
定めきかの難を此處きめて除かれ
出来ぬくこすかひを如きて深くあ
さると去るけりまを加冬たる為心よ
叶くぬまあしきやあるに極まりとた。
なや是改め造る時いかしそく勤め
あは深む所また川り丹二両や車乃
力をむきか深大八更に用途かしくす

と月野山乃奥に隠をかくして南よ
佛笈はうくしをさし出して行の
すのこをしきて西に御佛棚をかまへ
中にハ西乃極より渡て阿弥陀の畫像
をあ置志奉て落日を請て眉写流
光とれ候帳におゐらり普賢菩小
不動に像、残うけられ小の障子濡上
小ちいさきたけをかまへてく浴券
候錢三四百を置すれハちと和哥總緒

往生要集ことき乃抄物をいれたり
傍り箏琵琶をの〳〵一張をたてたり
いはゆる折ことつき琵琶これ也
東にそへてわらひのほとろをしき
つかなみを敷て夜の床とす東乃
墻小窓をあけて爰にふつくゑを
出せり枕のかたにすひつ
あり是を柴折くふるよすかとす
菴乃北に少地をしめあはらなる

なゐひめ墻をかこひて園とす則
諸の薬草を栽たる傍の竈あり桜
かくありきを一をとゝ後のさ風を
ゆはしく双成ミつりうけ樋ありて岩茂
たくミて水をたゝゑわ林軒近けき
給ぞ妻木をひろふよともしらひ
繁茂に山といふ正木の陰を
埋めて谷をけくまき水を嗜たる
観念乃たよりなるにーなあらは

あきの落葉を見る世空はことくして
西乃うそ入りよかふ夜更時雨の成耳
うたゝふ杵とに志て旅山路を歎る
秋の月くるしき乃聲耳小三つゝあるを
定惟乃世成の形しむと此遊氏ける
宮を勝其法もわ清る事の飛騰り
たとへ法華しは定佛相のく讀経
まゐたまぬと表ハことりしやすれん
ことりしをこゝ深のりきの南たくふ

人もなく又恥べき友もなし殊更は
無言をせざれども獨居なれば口業を
をさめ侍へしかならす禁戒をまもる
としもなけれども境界なければ何
に付てかやふらんもし跡の白浪に
身をよする朝は岡の屋より
かよふ船をなかめて満沙弥か風情を
ぬすみもし桂乃風葉を鳴すは夕
べにそ潯陽荒江を想像て源都督の

かすゝ神をあらふみゝあまね興あれは
しハしゝ松のひゝき秋風の楽をたくへ
水の音には流泉の曲をあやつる藝は
是れつたなけれハ人の耳を悦ハし
めむとにもあらすひとりしらへ獨
詠してみつから性をやしなふ
斗也又麓に一柴の菴あり則
此山もりか居ところなりかしこに
小童あり時ゝ来ておとつるゝ事

つれ/\なる時は是を友として
あそびありくかれは十歳これは
むそぢそのよはひことのほかなれど
慰むることこれ同じ或は茅花を抜
ぬき岩なしをとりぬかごをもり
芹をつみ或はすそわの田井に至り
おち穂を拾ひてほくみをつくる
若うらゝかなれば峯によぢのぼり
てはるかにふるさとの空を望み木幡山

伏見乃里鳥羽羽束師を見る勝地は
ぬしなけれハ心を慰むるに
障りなし あゆみ煩ひなく心遠く至る
ときハ是ゟ峰つゝき炭山を越
笠取を過て岩間へまうて石山を
拝むもしハ又粟津乃原を分て
蝉丸翁か跡をとふらひ田上川を渡て
猿丸大夫か墓をたつぬ帰るさには
折に付けつゝ桜をかり紅葉をもとめ

蔽を析木の宮、茂日詠ひて旦を仰に
こゝて可清呈旦ハ東清よりれもし
来志川りな猿を窓落月丹吉人茂
きのひ蔽ふあまり袖を重ぬはす筆
あしく俵露を遠くまきの路なかし呈
火入りまりひ暁の面影をのはし
本董吹風よ似たる山るみかわく
と鳴をきてゝよゝ毎かとうこゝり恐
足孫乃ゝのめきゝの近く茶まさかなり

はなても世にと残さうる雅をしらす
或ハ埋火残りきをこして老乃寝覚
乃友なれハおかしき山なりし様と
みやびゆう乃辞をあハきぬ小付てな
山中乃柔気折よ渋をても是乃事
所――以さきや深くおもひふかく
志きなん人若なめよはえに――も
限乃庵りしひ大うたほとゝなり
住初――時を白妙と思ひ――りや

いとえり丑と寅戌亥にハ他乃竈も
庭にハ屋やまわて軒にたくち葉
除く出なり苔むさまを於清しう乃
徒みえやこをゆハ山に移ゐて後
やすさらとある人善のくれ路へ不越
ありまし卷こ遊ましして手教なすぬ
劉ひ卷しても心を支ふへうしハ
さひし乃炎上りかゆひこ傳ふ
又ツいしろそれたくへりきの竈乃ゐん

長閑くして悠遊し雅をいしと
以へ共者ぬれ家あり書斎乃坐あると
一男を宿れは不足那しかうあなを
ちりききしひをこの世尾よく身を
きらふにようてかわ兄まこハ道機小
ねり則人をおそ俵く毋よわてや
我又かく乃きをし身をきらふ世成
志きらハ敵りれましうれ味志川り
な俄を全兄とし然たまく成案ひとれ

すんで世の人乃位家をはなるゝは
ふかなしれ一も身乃ためにハあらは
あるひハ妻子眷属のためにへつらひ或ハ
親眤朋友のためにはゞかり或ハ主君
師匠及賊寳する事法た免りまく
これをはゞかりやましいて身のために
むかへる人のためにはゞかる故
めつゝとなれそゝ乃世になしひは身
乃ある主言固とも安らへ來の人越取しく

たのむへ参やほこ越す―たとひ
ひ猶くはくまわとも旅をり宿―
旅をりすへきう秋人の友たる者を
とゝめぬ成たうや兄弟んこ猶な慰を
きゝとしうなすゝ次―長持あ所と
直ほなる心をハ記録すたくら行
花月の友ともてりかえ志うる人乃
奴たる者ハ賞翫すもよそた―参
をこのへ至三思乃めはきをわ通れは

更よそこくミあり袂ふとりへとも
居すく閑なるをも取りハ晩我身を
やはこゝにいるう登志うハもし
すへ義のりあきハ則をのりうし
身をはかふた遊うしハしなあうし
孫と人似そこうへ人を不愛アるアへう
よわそ居ハしそあ里見へ粢事
ゆのきハ見はうしあゆ世く休しと
以へともる歓生東少さしゆを

あやますよそ綱にも一方成ならて
二乃用をあにのみの歴法に足の茶湯
よく用心有りし乃能へ至りし将又方
のほりし也人を志神らるくふしむ
時ハ愛に光川ますなる時ハ謀かるる
はふしひくてもたてるとに掛すし
やても心をうこくにすめしいり
光やこのみあわ恭きに動ハ是非も
取有し方などいつもはしるやすべ

なし世人なくふしめ人を悩ましを
又殺業也めつし他み力成ふる悪業
衣食乃たくひ又於なし故の疾病に
ふすはうふよそこしひてそたへを
かくし一野金乃法たふ尊法まみ宝
あをはしく尊也人ままいしくき其を
あ成取つ悩も取し不てとも
けまハをはそりなれとしもな成味を
あまくれすへてこのやまの乃うたの

しく西乃人丹寄しきりにみけりを
あしくれ哉我身一りしとゝまて昔少う
やゝと成たくしゝはかわ太う大世成
道まき身を捨しよおくらしつ又人も附しく
ねう舟もなし前ハ天運よ海のをて
おしてハいとりハ身をそれ浮せうり
あすりへて我まハましき心ときハ
一朝おたのしひをうたく孫の枕先
上りきハまわ生涯乃海ハ折くお

美景なり残まれる所三里をたゝ心
一清にわすれぬもやすらひを
生する女孫も由那しく宮殿堂に奈し
ときをひしき往ぬ一男の菴に住りし
是を貌れを出給ひしみやこより
出て乞食となり給へるをさ給と
以後とも海里て参り寺と参え
他の浮薬丹薬ひる事盛ありて後ふ
もし人時々人不しとを知るにはし

無為なる所を見よ魚ハ水ニあそんて
うほ水ニあらされハ猶を見て心をさとしける
鳥林を栖かとするありさまハ又
心ハ残さしして閑居の気味も又かくの
ことし──住んして誰かさとらん終
一朝の月影うつらふきて須弥山の端
小近──忽に三途の闇ニ向はん時
何業わさ残りかこたんとける佛乃
人を教へたまふおしへをうつし

ふまて枕心なき袖とやらむ笑乃篭を
乾けるも釋と次閑寐ふ黒けるも
陰なる庵しめすゝ用なき楽に成
みへてむなしくあそし時を過さす
志たりなる曉ハことりさ成おもひ
晴しをて三川うしもうへふとひて
いたく世を乃の袖て山林ふまし
たゝ字契を心をさて見て人をなりくせ
為きわたうるをめり跡ハ是小御て

心ハにこりに志めて住家ハ則
浄名居士乃跡をけかせりといへとも
たもつ所ハわつかに周梨槃特か
行にたに及ハす若是貧賤乃
報のみつから悩ますか将又妄心乃
いたりて狂せるか其時心更に
こたふる事なし唯傍に舌根を
やとひて不請乃阿弥陀仏両三反をや
て止ミぬ時于建暦於二とせ弥生乃

臨月二誹發門定流尓山乃菴にして
ゝ秋をきゝハ

月かけ登の山乃端もはしりかゝる姿
たえぬ光を残しくるよし越この暁

後表紙 見返し

後表紙

雲母刷文様見本

嵯峨本『方丈記』の料紙には、十一種類の雲母刷文様が施されている。しかし、二折、各折八枚から成る綴葉装であるため、各折の右から数えて八枚目の裏面を除いて、同一の文様を見開きの状態で見ることはできない。そのため、ここでは同一の文様を左右連続に並べ、各文様の全体像を示すこととした。

なお、各文様には江島伊兵衛氏・表章氏『図説光悦謡本 解説』（有秀堂、一九七〇年）で用いられている名称を付した。あわせて、その文様の属する折・紙数・表裏と丁についても記した。詳細は本書「解説」を参照されたい。

唐草十字印襷甲（前・後表紙・表皮）

後表紙

前表紙

楓に水（第一折・一枚目・裏）

前表紙 見返し

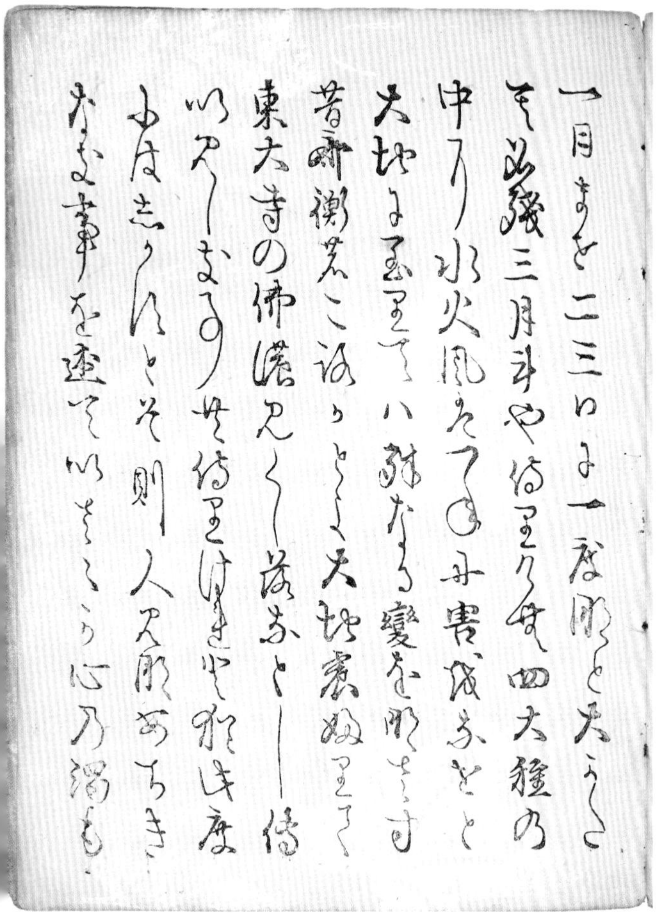

十五丁表

別種松林と高波（第一折・四枚目・表）

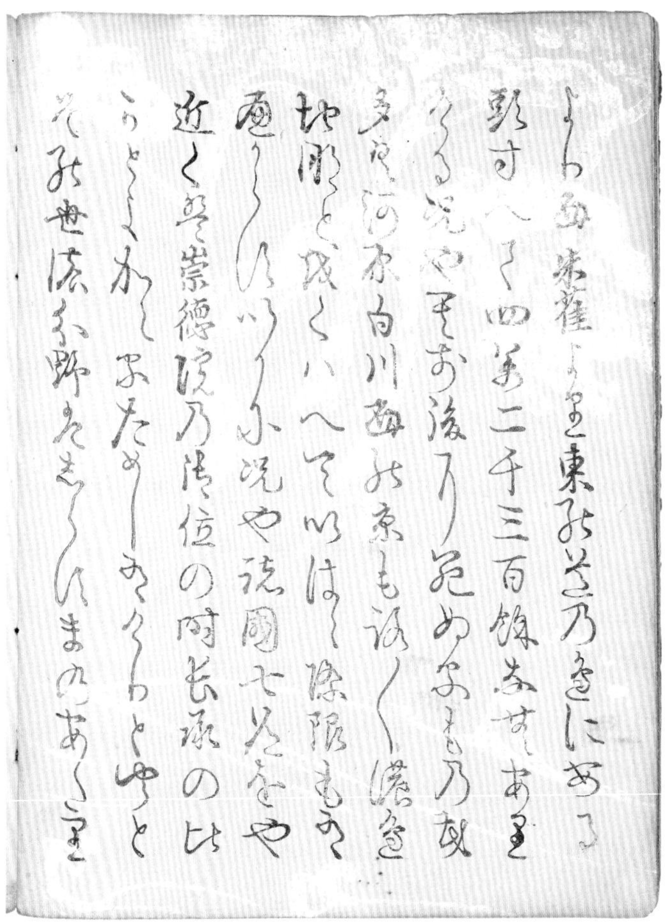

十二丁裏

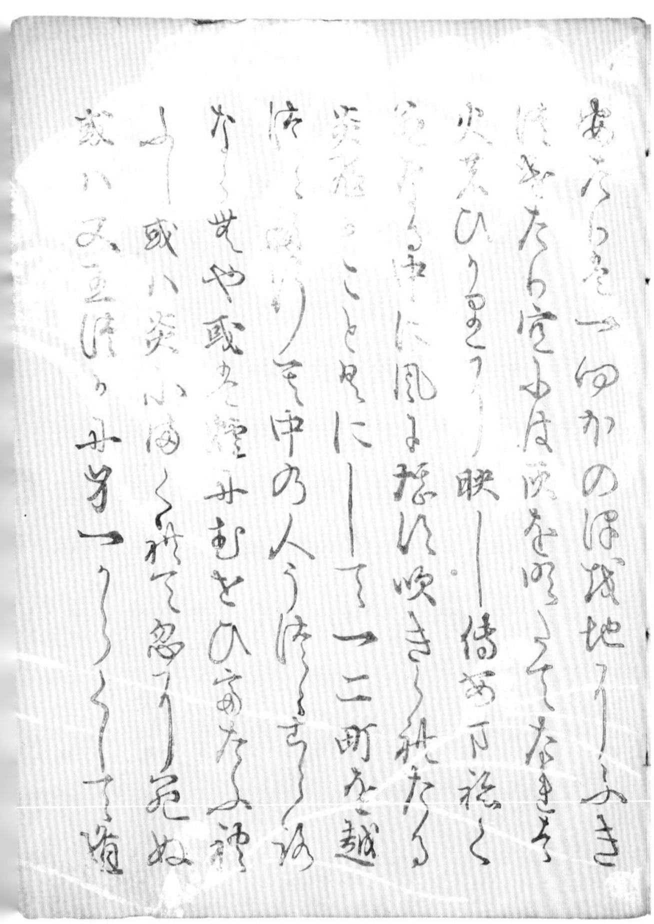

三丁表

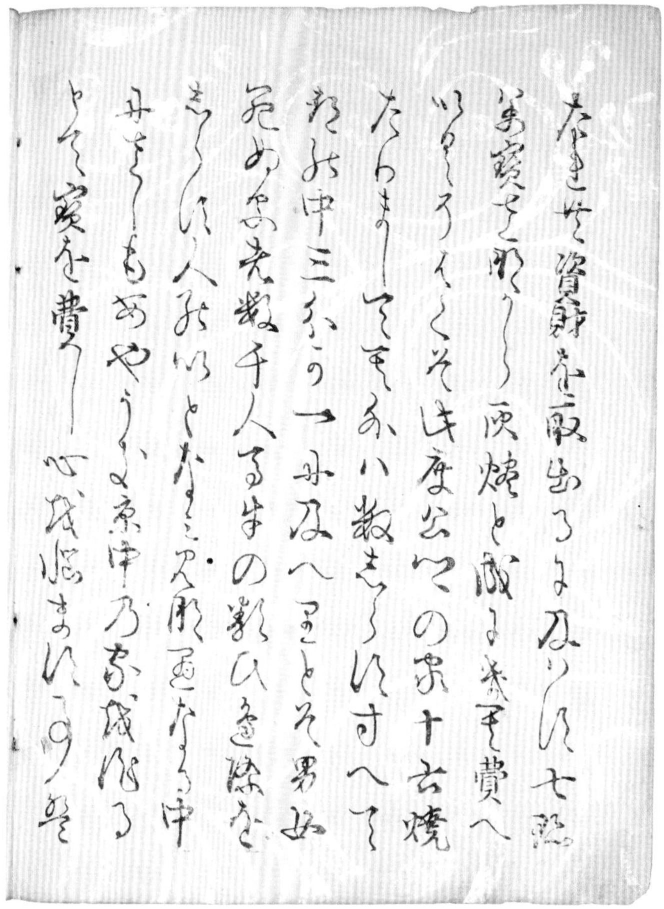

三丁裏

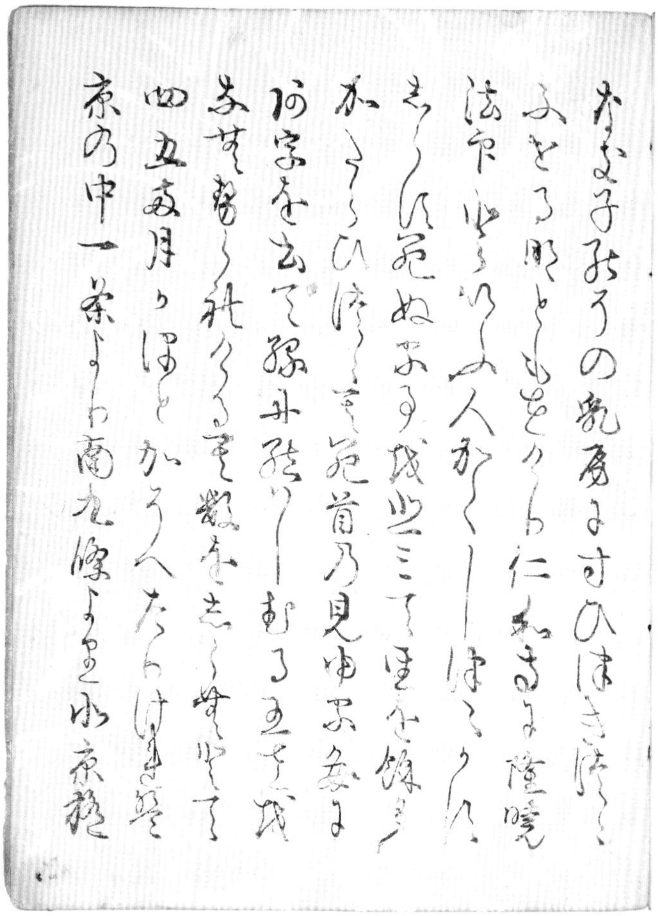

十二丁表

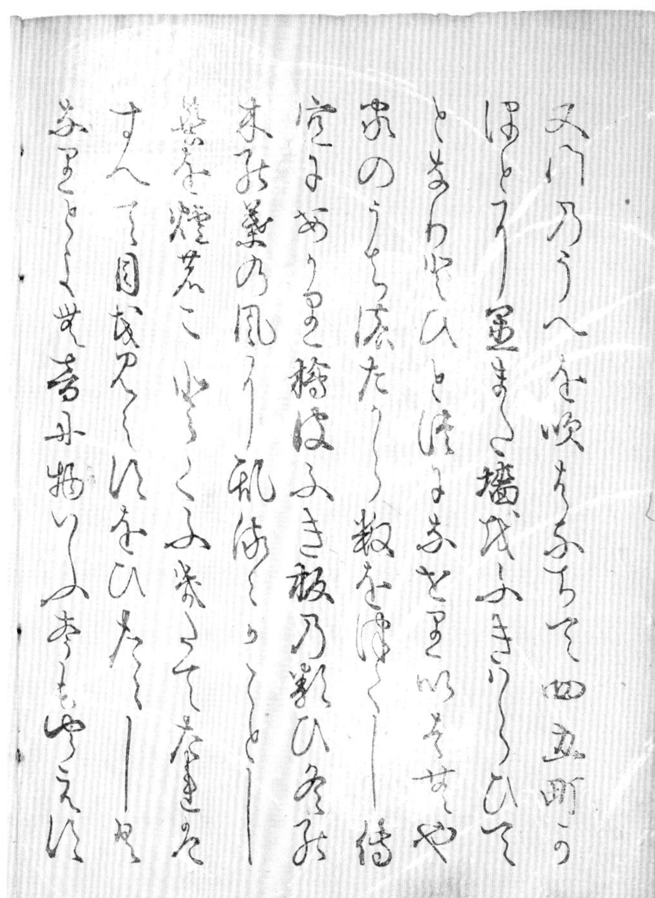

四丁裏

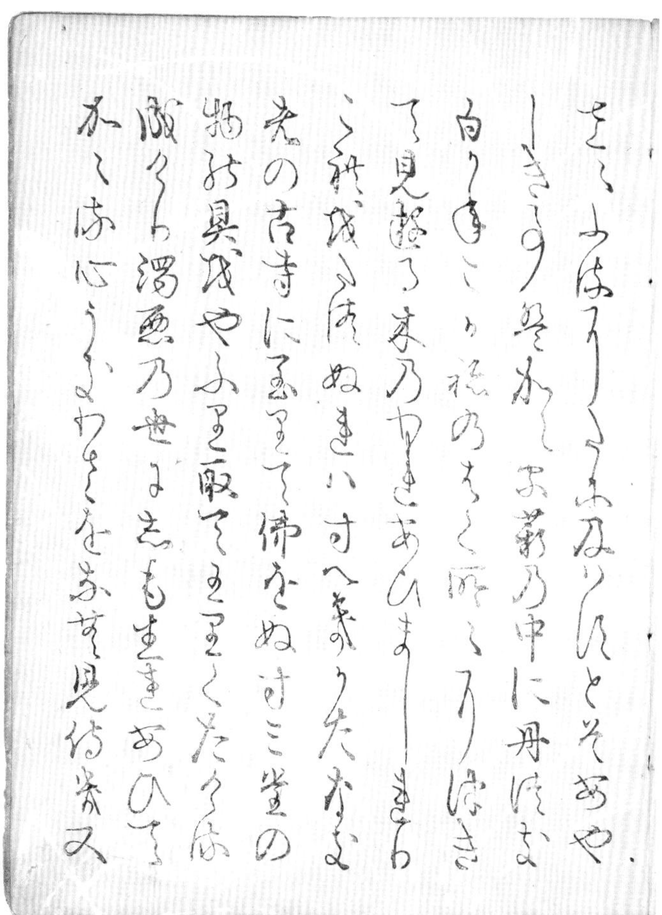

十一丁表

枝曲り梅乙（第一折・七枚目・表）

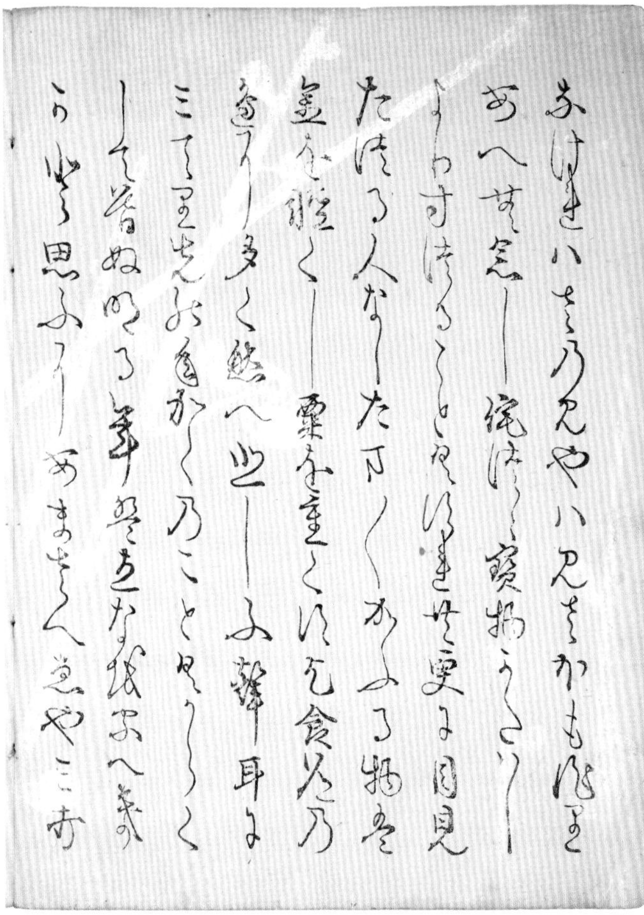

九丁裏

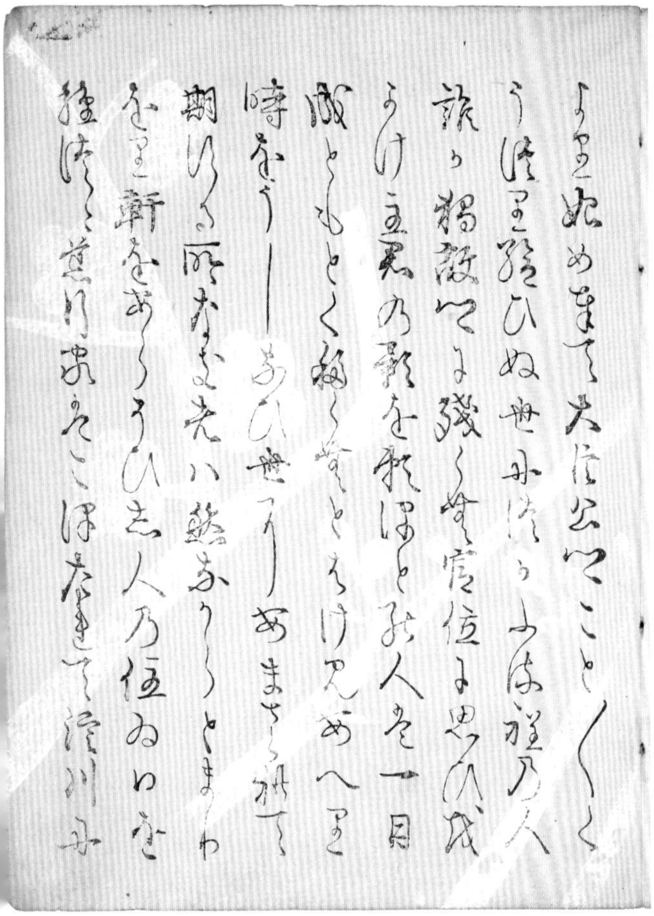

六丁表

竹藪（第一折・七枚目・裏）

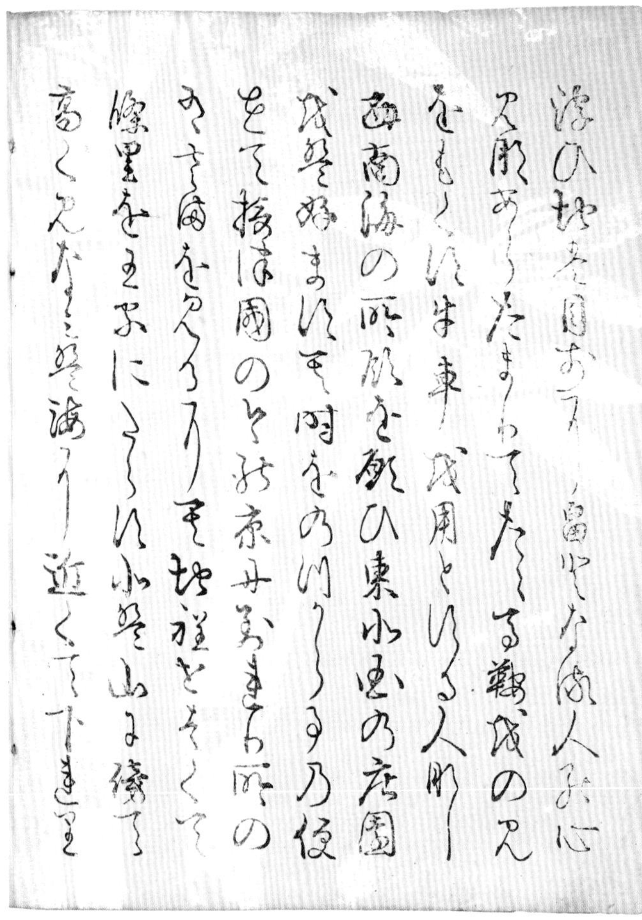

六丁裏

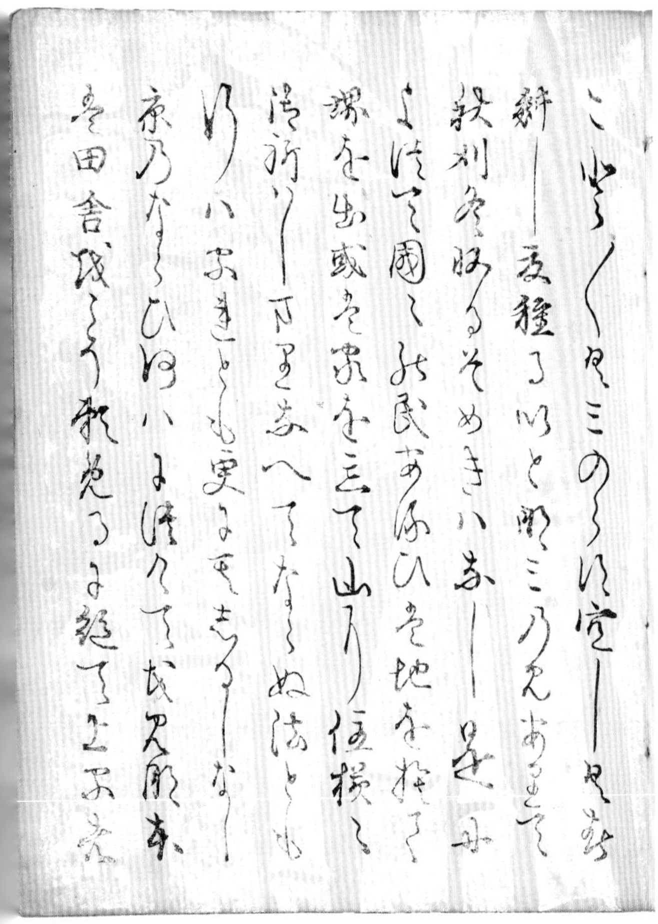

七丁表

籬の花(甲)（第一折・八枚目・裏）

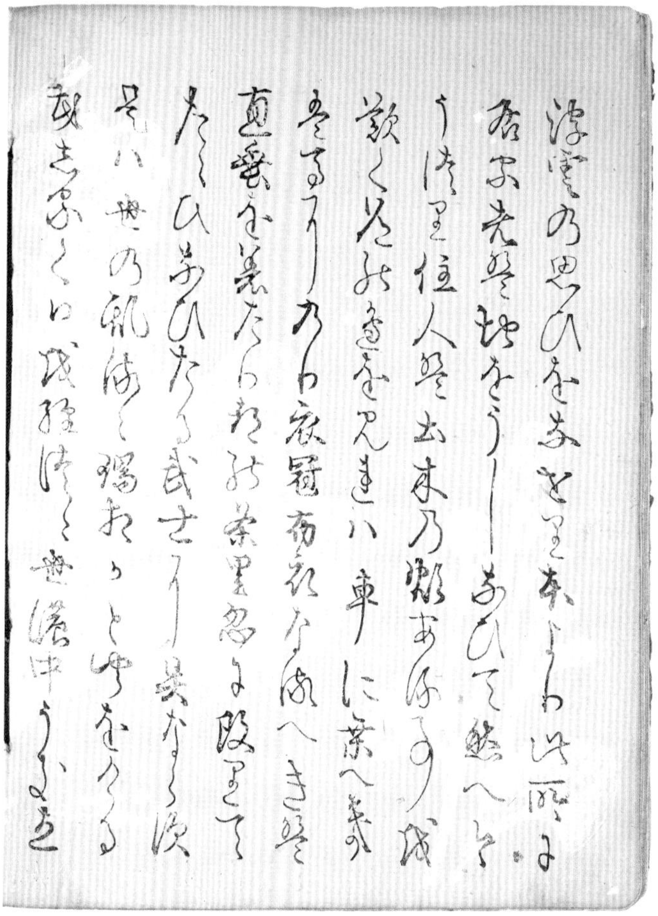

七丁裏

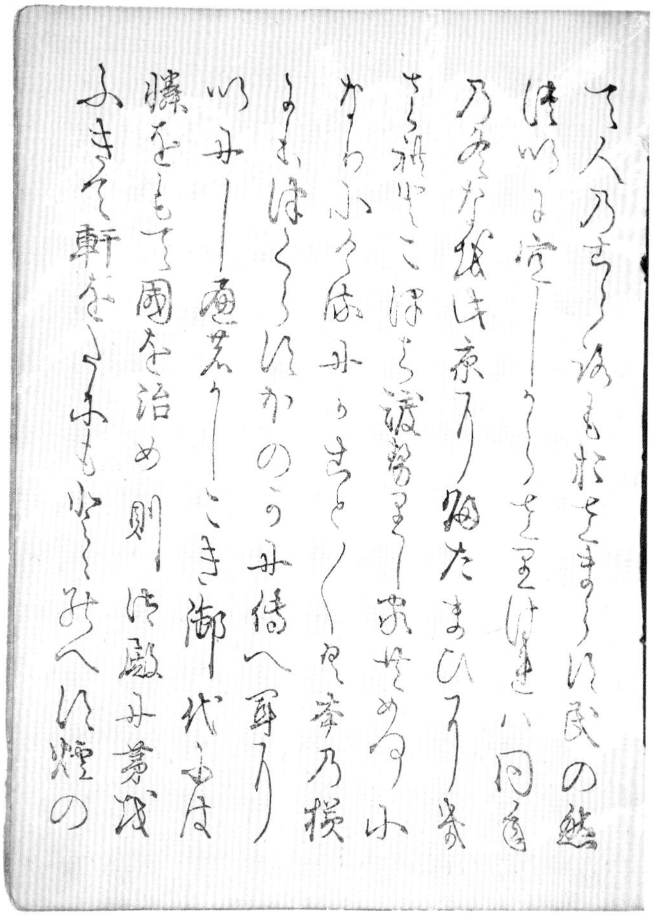

八丁表

乱れ藤乙（第二折・五枚目・表）

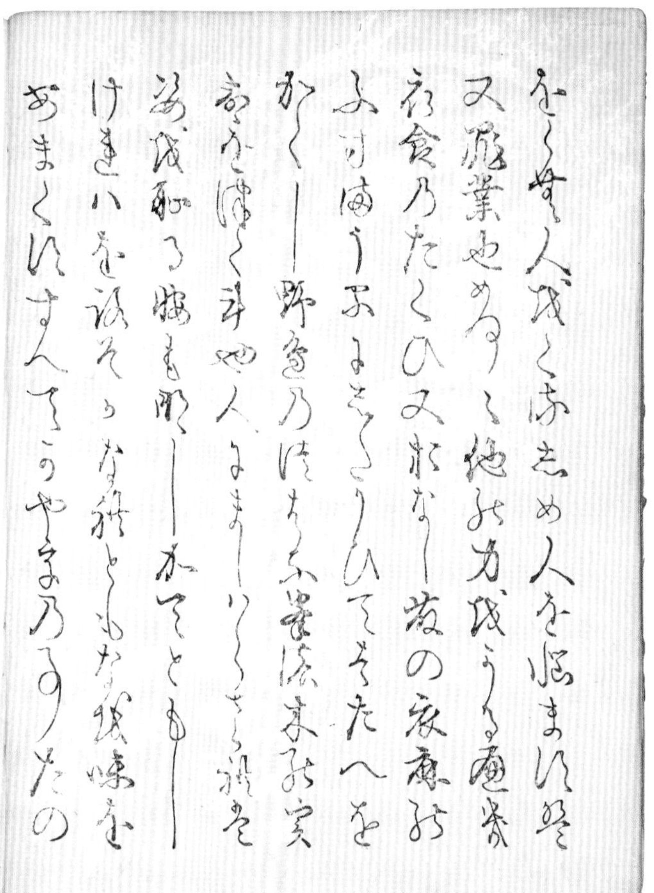

二十七丁裏

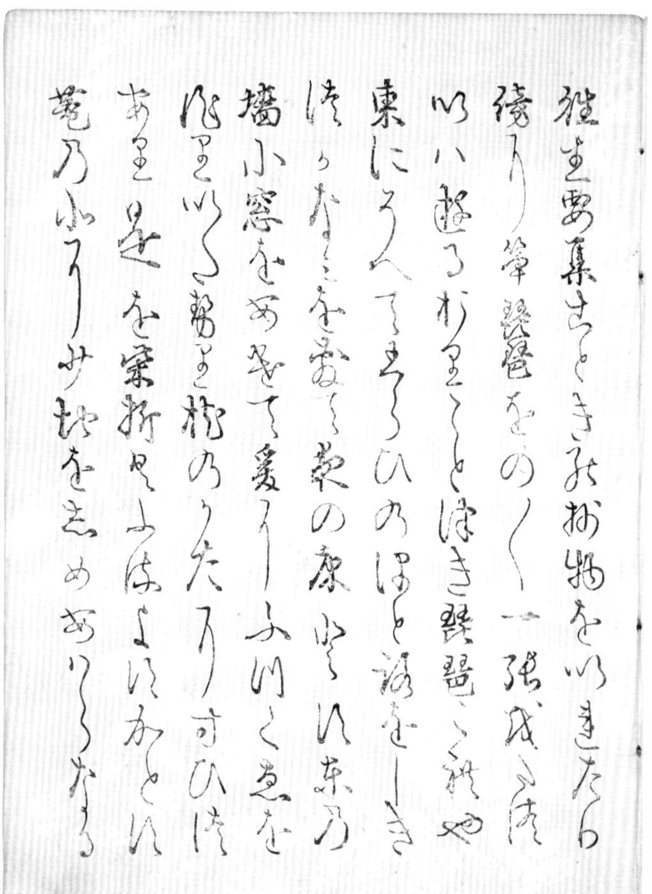

二十丁表

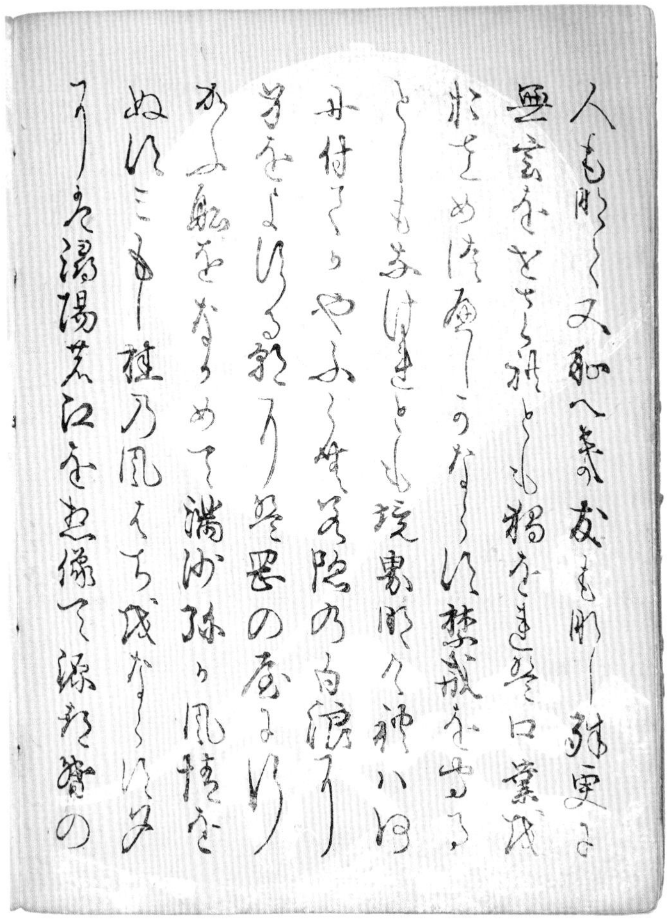

二十一丁裏

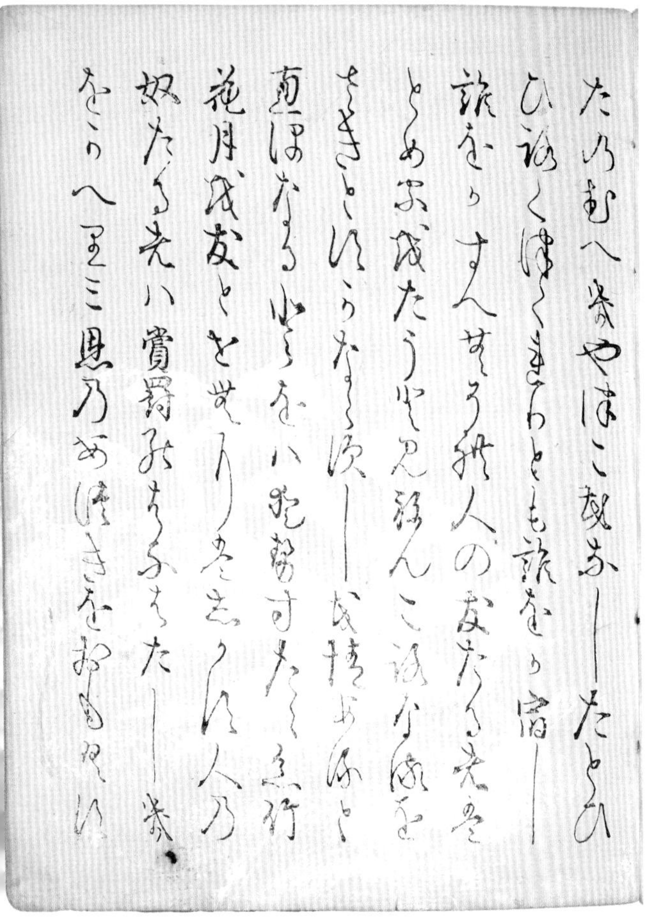

二十六丁表

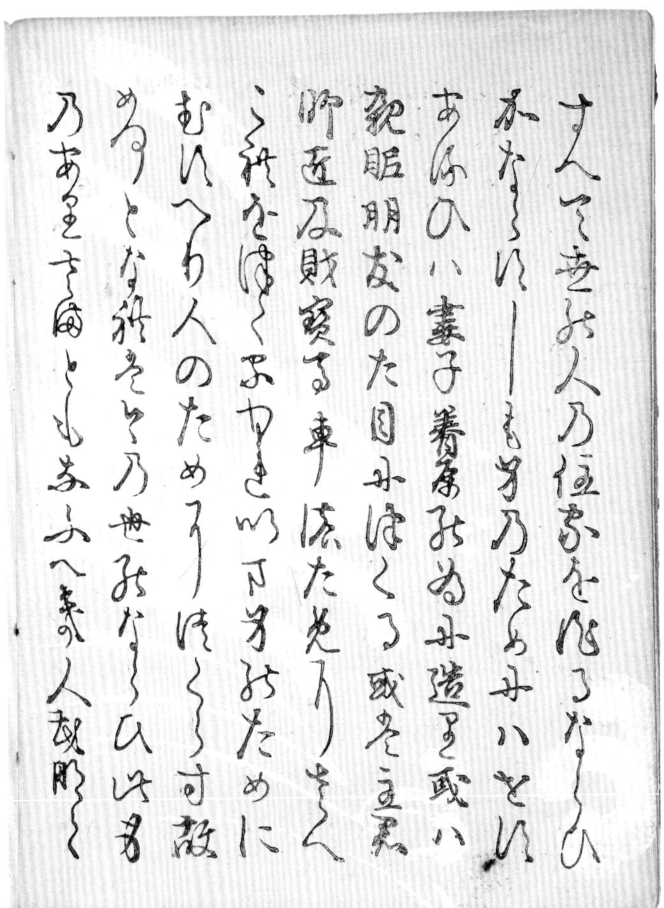

二十五丁裏

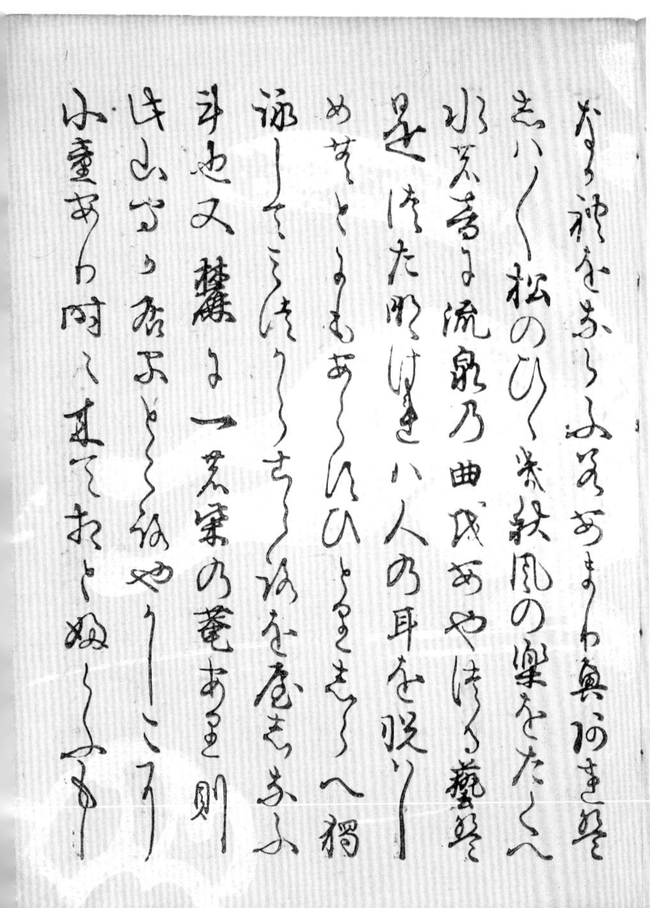

二十二丁表

解説

小秋元　段

一

ここに影印として刊行するのは、国文学研究資料館所蔵の古活字版『方丈記』、いわゆる嵯峨本第一種本である。(1)

嵯峨本とは近世初頭に古活字・整版によって刊行された一群の美装本をいう。これらの書籍は近世より「嵯峨本」「角蔵本」「光悦本」などと称されてきた。(2)川瀬一馬氏はこの嵯峨本に対し、本阿弥光悦が自ら版下を書き、装訂の意匠を施した本、ならびにその影響を豊富に具備する刊本、という定義を与えた。(3)一方、表章氏は「嵯峨本」の呼称は嵯峨の角倉素庵が開版した古活字版『史記』等に用いるのは妥当であるものの、光悦流書体をもつ和書については「光悦本」と呼ぶのが無難だとしている。そして、書物の分類上の呼称としては整版本を排除するのが適切だとし、光悦流書体の活字を使用し、表紙や料紙に雲母模様のある本、および雲母模様はなくてもこれと同活字・同内容をもつ本を光悦本としている。(4)

嵯峨本（光悦本）についてはこうした定義がなされる一方で、活字・整版の版下が光悦の書によっていることへの厳密な検証は、これまで殆どなされてこなかった。だが、近年、林進氏は角倉素庵の真跡を追究し、嵯峨本の書体が素庵の書をもとにすることを明らかにした。(5)確かに、林氏の提示した事例を見てゆけば、嵯峨本の書風を光悦のものと見ることは躊躇され、素庵の書風と近似することが納得できる。したがって、嵯峨本の制作環境に光悦が存在したことを自明視したり、嵯峨本の書風を光悦流と称することは、もはや適切ではないように思われる。それは嵯峨本の登場にいたる、つぎのような平仮名古活字版の刊行の経緯からも窺える。

文禄二年（一五九三）、後陽成天皇は宮中で『古文孝経』を活字で開版せしめた。これが古活字版刊行の濫觴である。以後、日蓮宗本国寺、小瀬甫庵、如庵宗乾、曲直瀬玄朔なども活字出版を手がけるようになり、慶長四年（一五九九）には徳川家康の命による伏見版も世に現れた。そうしたなかで、角倉素庵も嵯峨で『史記』を刊行した。その時期は慶長四年以降、八年以前に限定される。(6)そのとき刊行された『史記』（古活字第一種本）のうち、いくつかの伝本の原表紙裏張には、慶長古活字中本謡本、嵯峨本『徒然草』、古活字版舞の本「八島」の刷反故が用いられている。このことは素庵の『史記』を刊行した工房が、平仮名活字の国書も刊行していたことを推測させる。このうち、『徒然草』の活字はこののち刊行される嵯峨本『伊勢物語』、「観世流謡本」等と比べると、素庵的な書風の特徴が若干抑えられたものである。逆に、舞の本「八島」のごときは嵯峨本以上に素庵の筆癖が強調されている。これらはのちの嵯峨本の刊行盛期に先立って現れた、試行段階の活字と思われる。こうした背景のなかで、嵯峨本は素庵のもとで制作されていったのだろう。

二

川瀬一馬氏は嵯峨本に該当するものとして以下の書をあげた。(7)

伊勢物語（十種）、伊勢物語聞書（肖聞抄）（二種）、源氏小鏡（一種）、方丈記（二種）、撰集抄（一種）、徒然草（五種）、観世流謡本（九種）、久世舞三十曲本（一種）、久世舞三十六曲本（一種）、＊新古今和歌集抄月詠歌巻（一種）、百人一首（二種）、＊三十六歌仙（二種）、＊二十四孝（一種）

（＊を付したものは整版）

このうち、『伊勢物語』の諸版には、慶長十三年（一六〇九）、十四年、十五年の年紀の刊語が存し、『伊勢物語聞書（肖聞抄）』には慶長十四年の年紀の刊語がある。また、『源氏小鏡』は上巻の末尾に「慶長十五年十二月日書之」と刻され、東洋文庫蔵『方丈記』（第一種本。三Ｂａ二六）には「慶長十五年庚戌七月十三日」との墨書がある。さらに、「観世流謡本」の袋綴別製普通本で、一九六四年の三都古典連合会古書籍展観に出品された本の箱書には、慶長十五年の年紀のあることが知られている。こうしたことから、嵯峨本の刊行時期は、慶長の十年代を中心とした時期と想定することが可能である。そして、右に記したように、嵯峨本第一種本の『方丈記』は慶長十五年七月以前の刊行が確実視される。

嵯峨本『方丈記』は川瀬氏により、第一種本・第二種本に分類された。第一種本は綴葉装で表紙・料紙に雲母刷文様のある特製の本で、第二種本は楮紙、袋綴の並製の本である。第一種本・第二種本とも同活字が使われている。両者の先後関係については、高木浩明氏が第一種本の衍字が第二種本で訂されていることを指摘し、第一種本の先行を説いている。(8)

第一種本・第二種本の現存する諸本は以下のとおりである。

〈第一種本〉

静嘉堂文庫蔵本（一〇四／二三）　山岸徳平氏編『影印本 方丈記』（新典社、一九七五年）底本

東洋文庫蔵本（三Ｂａ二六）

東洋文庫蔵本（三Ｂａ二七）

国立歴史民俗博物館蔵本（Ｈ／五三八）　小汀文庫旧蔵

天理大学附属天理図書館蔵本（九一四・四一／イ7）

国文学研究資料館蔵本（九九／一六八）　安田文庫旧蔵

飯沼山圓福寺蔵本

〈第二種本〉

東洋文庫蔵本（三Ｂａ二八）

石川武美記念図書館成簣堂文庫蔵本

これに加えて、『方丈記』には十行古活字本といわれる一版がある。川瀬氏は当初、これを嵯峨本に含めることはなかったが、後年、本書が嵯峨本『徒然草』の活字を襲用しているとして、「別種の嵯峨本」とすべきとする見解を表明した。(9) また、高木氏はこの十行古活字本の活字が嵯峨本『徒然草』のものを襲用したとの説には疑義を挟みながらも、表紙に嵯峨本「観世流謡本」と同一の伝本（蓬左文庫蔵本）があること、活字に嵯峨本『伊勢物語聞書（肖聞抄）』と同一のものがあることを指摘し、これを嵯峨本と認定しうるとした。(10) その伝本としては、蓬左文庫蔵本（一〇一／七）、京都大学附属図書館蔵本（一〇／五／ホ／Ⅰ貴）、京都大学文学研究科図書館蔵本（ＬⅠⅠ／1）、龍門文庫蔵本、日本大学総合学術情報センター蔵本（九一四・四／Ｋａ四一ｃ）がある。

ただし、私見によれば、同本の活字は川瀬氏の認定した嵯峨本諸本の活字とは異なり、前述した『史記』裏張に現れる舞の本「八島」の活字の系統に属す

る。確かに、舞の本「八島」は角倉素庵の嵯峨の工房で刊行されたものと考えられることから、十行古活字本も嵯峨の刊行物として括ることはできる。しかし、だからといってこれを嵯峨本と称することは、どこまでを嵯峨本と呼ぶべきかという、嵯峨本の定義にかかわる問題にも及ぶことになる。よって、本稿ではひとまずこれを嵯峨本と称することは控えることとする。(11)

三

つづいて、国文学研究資料館蔵本の概要と特色を述べる。まずは書誌を掲げる。

国文学研究資料館蔵　方丈記　古活字嵯峨本第一種本
（慶長十五年以前）刊　大一帖（九九／一六八）
原装水色雲母刷唐草十字印襷文様表紙（二五・四×一八・六糎）。表皮を初丁表・終丁裏に貼付。ただし、現状では前表紙の表皮は地紙より剝がれた状態である。綴葉装。白の具引き地に雲母刷文様を施し、本文を刷印した料紙を表裏貼りあわせる。巻頭「行川のなかれは絶すしてしかも／本の水にあらす」とはじまる。漢字平仮名交じり。毎半葉九行、行十五字（十五齣分）を基本とし、十二〜十六字。印面高さ、約二一・七糎。墨付き丁数、三十丁。二折、各折八枚。四つ目綴じ、後補の緑色の絹糸を用いる。巻末に「月かけは入山の端もつらかりき／たえぬ光りをみるよしもかな」の歌を刻す。印記「西荘文庫」。「友金」と墨書銘のある桐箱に収められる。

国文学研究資料館蔵本には「西荘文庫」印があり、元来、小津桂窓の所蔵であったことが知られる。その後、安田文庫を経て国文学研究資料館の蔵に帰した。本書は安田文庫時代に日本古典全集『方丈記・徒然草』の底本として全丁分の図版が収録されている。(12) 本書とその図版を見くらべると、料紙の汚れも同一であることが確認でき、以てその来歴を確認することができる。

本書は綴葉装両面刷りで、「観世流謡本」、『久世舞三十曲本』、『久世舞三十六曲本』『百人一首』と同じ形態である。袋綴本に比べて遙かに豪華な装訂で、本文の分量が少なく、丁数が少ない本であったからこそ、このように仕立てることが可能であったのだろう。従来、料紙は厚手の斐紙を貼りあわせたものといわれてきたが、具引きされた料紙の場合、その上から料紙の素材を特定することは難しい。だが、森上修氏は静嘉堂文庫蔵本に表裏の剝離した一丁があることを紹介し、そこからその紙質が楮紙であることを指摘している。(13) 稿者も同書を披見したが、森上氏と同様の見解をもっている。

詳細な検証は今後の課題となるものの、嵯峨本では作品ごとに主体となった活字セットが異なったようである。『伊勢物語』、『方丈記』、『徒然草』、「観世流謡本」特製本、同上製本などは、別々の活字セットで組版が行われている。それぞれ書風は若干異なるが、いずれも角倉素庵の独特の書風（字形のデフォルメ、筆画の強調、線の肥痩等）を反映している。また、「き（幾）」「れ（禮）」のごとく、当時通行した字形より古様で装飾的なものも多く用いられている。さらに、当時用いられることの稀であった字母の平仮名を用いる点も嵯峨本の特色で、『方丈記』では「て（傳）」「も（茂）」の頻出するところが注目される。これらの字母は『伊勢物語』や「観世流謡本」、『新古今和歌集抄月詠歌巻』にもごく僅かに用いられている。また、『方丈記』に用いられる「う（憂）」（十六丁ウ一行目、二十三ウ四行目）のごときは、この時期の版本としてはきわめて稀な字母使用というべきであろう。

四

嵯峨本には「部分異植字」という現象がしばしば認められる。部分異植字とは、一枚分の活字を組み、一定数の印刷を行ったあと、その活字の一部を差し替えて印刷したものをいう。差し替えたあとも一定数の印刷が行われるため、同版本であっても一部に字母・字形を異にする文字の印刷された本が生まれることになる。従来は、摩耗した活字を差し替えたことによりこうした版が生じたと考えられてきたが、この現象を追究した高木浩明氏はその考えを否定し、印刷に携わった人物の恣意によるものであることを指摘している。[14] 本来、印刷の効用とは、同一のものを多量に複製できるところにあったはずだ。しかし、嵯峨本では部分的な活字の差し替えを意図的に行うことにより、印刷・製本された個々の本がそれぞれ差異をもつことに重きを置いたらしい。

高木氏の調査により、嵯峨本『方丈記』の部分異植字は十一箇所あることが

表1　部分異植字一覧表

静嘉堂文庫蔵本を基準に、これと同一の活字を組むものをA、異なる活字を組むものをBとした。

〔略号〕東洋甲＝東洋文庫蔵本（三Ｂａ二六）・東洋乙＝東洋文庫蔵本（三Ｂａ二七）
歴博＝国立歴史民俗博物館蔵本・天理＝天理大学附属天理図書館蔵本
国文研＝国文学研究資料館蔵本・圓福寺＝飯沼山圓福寺蔵本
（高木浩明氏作成の表に加筆した）

五オ・7	か丶る[事]	A＝歴博・天理　B＝東洋甲・東洋乙・国文研・圓福寺
七ウ・9	世[の]中	A＝東洋甲・東洋乙・歴博・国文研　B＝天理・圓福寺
八オ・4	如何[に]	A＝東洋甲・東洋乙・天理・圓福寺　B＝歴博・国文研
一〇ウ・3	目もあてられぬ[事]	A＝天理　B＝東洋甲・東洋乙・歴博・国文研・圓福寺
一三オ・4	[陸]をひたせり	A＝東洋甲・東洋乙・天理・圓福寺　B＝歴博・国文研
一五ウ・4	世のあり[に]くき事	A＝国文研・圓福寺　B＝東洋甲・東洋乙・歴博・天理
一七オ・8 9	其後縁[かけ] し[け]かりしかは	B＝東洋甲・東洋乙・歴博・天理・国文研・圓福寺
一八ウ・3	[や]とり	A＝東洋乙・圓福寺　B＝東洋甲・歴博・天理・国文研
二〇オ・4	[わ]らひ	A＝東洋乙・天理・圓福寺　B＝東洋甲・歴博・国文研
二二ウ・1	われ[は]	A＝東洋甲・東洋乙・歴博・国文研・圓福寺　B＝天理

判明している。ここでは高木氏が作成した表をもとに、国文学研究資料館蔵本・飯沼山圓福寺蔵本[15]の分を加筆し、異植字の混合状況を表1に示す。表1では、静嘉堂文庫蔵本を基準に□内の活字が同本と同じ伝本をA、異なる伝本をBとして表示した。これによれば、すべてにわたり静嘉堂文庫蔵本と同一に活字を組む本がないだけでなく、全丁の活字の組み合わせを同一にする本すらないことがわかるであろう。[16] 当初の版の印刷枚数と部分異植字の印刷枚数が版面ごとに異なっていたことや、林望氏が指摘したように、刷り上がったものをそれぞれシャッフルして製本したことなどにより、[17] 各伝本は完全に同一の活字の組み合わせをもたないものと思われる。

つづいて、嵯峨本『方丈記』の雲母刷文様について検討する。嵯峨本所用の雲母刷文様の料紙は、平安朝の唐紙の技法を復活して制作されたものである。各種の図様の木版版下を用いて雲母文様を刷りだしたもので、美術史研究者の間では図様の作者は俵屋宗達ないし宗達工房とする見方が強い。[18] この雲母刷料紙は慶長十年（一六〇五）書写の謡本〈大原御幸〉、同十一年書写の後藤本謡本（ともに観世身愛節付）をはじめ、この時期の写本類にも使用されている。また、嵯峨本間でも共通の文様の料紙が相互に用いられている。

『方丈記』に用いられている文様は、表章氏の呼称に従えば、[19] 不明草花・楓に水・竹藪・枝曲り梅乙・別種松林と高波・藤水巴文乙・乱れ藤乙・籬の花（甲）・兎と波・唐草十字印襷甲・松山満月甲の十一種である。このうち、不明草花・楓に水・別種松林と高波・兎と波は「観世流謡本」には見えないが、他は「観世流謡本」の色替り本と共通する文様である。このことから、表氏は『方丈記』の刊行を色替り本の刊行とほぼ同時期の、慶長十四年前後と推定している。[20]

ちなみに、最も多く用いられているのは楓に水で、各伝本の六〜七面に使用され、調査し得た六本合計で計四十面に使用されている。最も少ないのは松山満月甲で、六本合計で六面を見るのみである（表2参照）。

表2　各伝本における雲母刷文様使用状況
（嵯峨本「観世流謡本」に見えないものは、灰色の背景色で示した）

文様名	国文研	静嘉堂	東洋甲	東洋乙	歴博	天理	合計
楓に水	7	7	7	6	7	6	40
籬の花（甲）	4	6	4	6	4	5	29
兎と波	3	3	3	4	3	4	20
竹藪	4	4	3	3	2	3	19
唐草十字印襷甲	3	3	4	3	4	2	19
枝曲り梅乙	2	3	2	3	2	3	15
別種松林と高波	2	2	2	2	2	2	12
不明草花	3	2	2	1	2	2	12
藤水巴文乙	1	1	2	2	2	2	10
乱れ藤乙	2	1	2	1	2	2	10
松山満月甲	1	0	1	1	2	1	6

『方丈記』で使用された文様の種類を伝本ごとにまとめると、表3のようになる。表3では表皮、第一折の右から数えて一枚目表・裏、二枚目表・裏……の順に文様の種類を記した（各折、八枚十六面から成る）。これによれば、第一折三枚目表から第一折八枚目表までの十一面では、各伝本とも、同一の面で共通の文様を用いている。しかも、この部分では概ね順々に新しい文様を配する工夫が施されており、十一面に九種もの文様が投入されている。

だが、第二折に入ると、こうした整然とした文様の配当はなされなくなる。調査し得た六本に限っての指摘となるが、各面で同一の文様を統一して用いるのではなく、二種から三種の文様を混合して用いるようになる。また、楓に水、兎と波のように、前後の面で連続を見せるものが現れてくるのも、第一折三枚目表から八枚目表までには見られないことであった。いま、これらの文様の配当が、どのような方針でなされているのかを明らかにすることはできない。刷りだした料紙が文様ごとに総数が異なったため、第一折でなし得たような文様の均等な配分ができにくくなったことが大きな要因であろうか。このことは「観世流謡本」特製本なども視野に入れてさらに考察する必要がある。なお、例えば、静嘉堂文庫蔵本・天理図書館蔵本の第二折一枚目表・裏のように、表裏で文様の逆転した事例が散見される（第二折四・六～八枚目）。こうした現象は、作業工程を何らかのかたちで反映しているのではあるまいか。

表紙についても一言しておく。嵯峨本『方丈記』の場合、表紙を本文共紙とするものと、そのうえに別の表皮を貼付するものとの二種類が存在する。国文学研究資料館蔵本は後者にあたり、水色に染めた唐草十字印襷文様の表皮を貼付している。表皮を貼付する本は、表裏とも染紙に唐草十字印襷文様の料紙を用いることを常としたらしい。一方、静嘉堂文庫蔵本のごときは、もともと表皮を付さない本であり、しかも表裏の文様を異にしている。こちらは聊か略式な造本といえる。

五

『方丈記』の諸本は広本と略本に二大別される。広本はさらに古本系と流布本系に分かれる。古本系には最古の写本である大福光寺本をはじめ、室町期から近世初頭にかけて書写された写本の多くが属す。一方、流布本系には嵯峨本以下の刊本が属し、室町期の写本としては一条兼良筆本、陽明文庫本があるばかりである。

古本系に対して流布本系が異なる本文をとるのは、以下の諸点である。まず、流布本系には大地震の記事のうち、ある武者の子が築地の下敷きとなり、両親が悲嘆に暮れるという一条がある（十四丁表「其中にある武者のひとり子の」～十四丁裏「いとおしく理かなとぞ見侍りし」）。凄惨な描写をもつこの記事が長明の筆になるのか否か、議論の分かれるところである。つぎに、方丈の庵の記事のうち、古本系・流布本系の間には東西南北の造作と調度に関する記述に異同がある。この部分は、結果として流布本系の方が詳細な叙述をもつといえるだろう（十

表3　雲母刷文様一覧表（各面で共通する文様には灰色の濃淡の背景色で示している）

折―紙数―表・裏	国文学研究資料館	静嘉堂文庫	東洋文庫甲	東洋文庫乙	歴史民族博物館	天理図書館
表皮	水色唐草十字印襷甲		淡茶色唐草十字印襷甲	※1	※2	水色唐草十字印襷甲
一―一―表	不明草花	不明草花	不明草花	唐草十字印襷甲	唐草十字印襷甲	唐草十字印襷甲
一―一―裏	楓に水	楓に水	楓に水	楓に水	楓に水	楓に水
一―二―表	楓に水	楓に水	楓に水	松山満月甲	松山満月甲	松山満月甲
一―二―裏	不明草花	唐草十字印襷甲	唐草十字印襷甲	楓に水	楓に水	楓に水
一―三―表	竹藪	竹藪	竹藪	竹藪	竹藪	竹藪
一―三―裏	枝曲り梅乙	枝曲り梅乙	枝曲り梅乙	枝曲り梅乙	枝曲り梅乙	枝曲り梅乙
一―四―表	別種松林と高波	別種松林と高波	別種松林と高波	別種松林と高波	別種松林と高波	別種松林と高波
一―四―裏	藤水巴文乙	藤水巴文乙	藤水巴文乙	藤水巴文乙	藤水巴文乙	藤水巴文乙
一―五―表	乱れ藤乙	乱れ藤乙	乱れ藤乙	乱れ藤乙	乱れ藤乙	乱れ藤乙
一―五―裏	不明草花	不明草花	不明草花	不明草花	不明草花	不明草花
一―六―表	籬の花（甲）	籬の花（甲）	籬の花（甲）	籬の花（甲）	籬の花（甲）	籬の花（甲）
一―六―裏	兎と波	兎と波	兎と波	兎と波	兎と波	兎と波
一―七―表	枝曲り梅乙	枝曲り梅乙	枝曲り梅乙	枝曲り梅乙	枝曲り梅乙	枝曲り梅乙
一―七―裏	竹藪	竹藪	竹藪	竹藪	竹藪	竹藪
一―八―表	楓に水	楓に水	楓に水	楓に水	楓に水	楓に水
一―八―裏	籬の花（甲）	籬の花（甲）	籬の花（甲）	籬の花（甲）	籬の花（甲）	乱れ藤乙
二―一―表	唐草十字印襷甲	楓に水	唐草十字印襷甲	唐草十字印襷甲	唐草十字印襷甲	籬の花（甲）
二―一―裏	楓に水	籬の花（甲）	楓に水	楓に水	楓に水	楓に水
二―二―表	籬の花（甲）	楓に水	楓に水	楓に水	楓に水	楓に水
二―二―裏	兎と波	唐草十字印襷甲	唐草十字印襷甲	籬の花（甲）	唐草十字印襷甲	不明草花
二―三―表	竹藪	楓に水	藤水巴文乙	藤水巴文乙	藤水巴文乙	藤水巴文乙
二―三―裏	別種松林と高波	別種松林と高波	別種松林と高波	別種松林と高波	別種松林と高波	別種松林と高波
二―四―表	唐草十字印襷甲	唐草十字印襷甲	兎と波	籬の花（甲）	兎と波	兎と波
二―四―裏	楓に水	楓に水	籬の花（甲）	兎と波	籬の花（甲）	籬の花（甲）

二―五―表	乱れ藤乙	枝曲り梅乙	乱れ藤乙	枝曲り梅乙	乱れ藤乙	枝曲り梅乙
二―五―裏	楓に水	竹藪	楓に水	竹藪	不明草花	竹藪
二―六―表	楓に水	籬の花(甲)	楓に水	兎と波	楓に水	兎と波
二―六―裏	松山満月甲	兎と波	松山満月甲	籬の花(甲)	松山満月甲	籬の花(甲)
二―七―表	兎と波	兎と波	唐草十字印襷甲	唐草十字印襷甲	兎と波	唐草十字印襷甲
二―七―裏	唐草十字印襷甲	籬の花(甲)	兎と波	兎と波	唐草十字印襷甲	兎と波
二―八―表	竹藪	竹藪	籬の花(甲)	楓に水	楓に水	楓に水
二―八―裏	籬の花(甲)	籬の花(甲)	竹藪	籬の花(甲)	籬の花(甲)	籬の花(甲)

※1　かつて表皮が付されていたらしく、その痕跡が残る。
※2　かつて水色地の表皮が付されていたらしく、その痕跡が残る。

九丁裏「今日野山の奥に跡をかくして」～二十裏「假の菴のあり様かくのことし」)。そして、流布本系には末尾に近い箇所に、「大かた世を遁れ身を捨しより」～「生涯の海は折々の美景に残れり」(二十八丁表～二十八丁裏)の一節が存在する。古本系にはない一節である。なお、嵯峨本の末尾に引用される「月影は」の歌(『新勅撰和歌集』釈教、源季広)は、同じ流布本系でも一条兼良筆本にはない。ただし、古本系の細川幽斎自筆本、正親町家旧蔵本、日現本、伝近衛龍山筆本にはあり、嵯峨本はこれらの形態の伝本から歌を取りこんだものと思われる。

近世初頭、古活字版として刊行される本は、刊行に値するだけの需要のある作品が多くを占めた。この時期の『方丈記』の関心の度合いは、どの程度だったのであろうか。例えば、細川幽斎は慶長三年(一五九八)以前と同十年に『方丈記』の書写を行っていることが知られている。[21]このほか、文禄・慶長期の写本は多く伝存しており、[22]加えて、『時慶卿記』文禄二年(一五九三)六月二十七日条には、西洞院時慶が園基継所持の一条兼良自筆本を借用・書写した旨が記されている。[23]また、ほかならぬ角倉素庵も『方丈記』を書写しており、その断簡が今日伝えられている。[24]これらのことから、素庵をはじめ、同時代の知識人たちは、『方丈記』に相応の価値を見いだしていたことが容易に想像できるのである。

室町末期から近世初頭にかけて書写された『方丈記』には古本系の本文をもつものが多かったが、嵯峨本はこれとは別の本文系統をとっている。どのような経緯で素庵はこの系統の本文を入手し、刊行に付したのだろうか。その解明は今後の一つの課題といえるだろう。

注

(1) 以下、本稿において「嵯峨本『方丈記』」といった場合、主にこの第一種本をさす。

(2) 中村富平編『弁疑書目録』中「嵯峨本ノ書目」(宝永六年〈一七〇九〉序刊)。

(3) 川瀬一馬氏『増補古活字版之研究』第二編第七章第二節「「嵯峨本」の刊行」(ABAJ、一九六七年。初版、一九三七年)。

(4) 江島伊兵衛氏・表章氏『図説光悦謡本 解説』第一章一「光悦謡本とは」(有秀堂、一九七〇年)。

(5) 林進氏「角倉素庵の書と嵯峨本」(『水茎』第二十九号、二〇〇一年)、「角倉素庵の書跡と嵯峨本──素庵書『詩歌巻』と嵯峨本『新古今和歌集抄月詠歌巻』の成立について──」(『日本文化の諸相』風媒社、二〇〇六年)、

「天理図書館所蔵の嵯峨本『三十六人歌合』――その依拠本と本文版下の筆写について――」(『ビブリア』第百二十七号、二〇〇七年)。

(6)小秋元段『太平記と古活字版の時代』第二部第四章「嵯峨本『史記』の書誌的考察」(新典社、二〇〇六年。初出、『法政大学文学部紀要』第四十九号、二〇〇四年)参照。

(7)川瀬一馬氏注(3)前掲書。

(8)高木浩明氏「嵯峨本再見――嵯峨本『方丈記』についての書誌的報告――」(『古代中世文学論考』第十八集、新典社、二〇〇六年)。

(9)川瀬一馬氏編著『龍門文庫善本書目』四〇六「方丈記」(阪本龍門文庫、一九八二年)。

(10)高木浩明氏注(8)前掲論文。

(11)川瀬一馬氏注(3)前掲書も指摘するように、十行古活字本と嵯峨本の本文には微細な異同が散見される。嵯峨本と十行古活字本、後述する角倉素庵筆『方丈記』断簡との関連は別稿において考察する予定である。

(12)正宗敦夫氏編纂校訂、日本古典全集『方丈記・徒然草』(日本古典全集刊行会、一九三五年)。

(13)私立大学図書館協会西地区部会阪神地区協議会書誌学研究会『関西大学図書館所蔵 謡曲百番『浮舟』(特製本)の印出字調査』所収「座談会・『浮舟』の活字調査を終えて」(二〇〇〇年)。

(14)高木浩明氏注(8)前掲論文。ほか、高木氏「嵯峨本『伊勢物語』の書誌的考察(下)」(『ビブリア』第百二十三号、二〇〇五年)、鈴木広光氏「嵯峨本『伊勢物語』の活字と組版」(『近世文芸』第八十四号、二〇〇六年)参照。

(15)慶應義塾大学附属研究所斯道文庫蔵写真版による。

(16)簗瀬一雄氏は嵯峨本第一種本の阿波国文庫蔵本が第一種本とは別版、第二種本の成簣堂文庫蔵本が東洋文庫蔵本とは別版である可能性を指摘し、嵯峨本の『方丈記』は三種あるいは四種あるとしている(『簗瀬一雄著作集 二 鴨長明研究』Ⅲ「嵯峨本」、加藤中道館、一九八〇年。初出、『鴨長明研究』第二十二・二十七号、一九三五・三六年)。しかし、阿波国文庫蔵本の巻頭・巻末の書影(吉澤義則氏編『諸本校異方丈記諸抄大成』立命館出版部、一九三三年)を見るかぎり、別版とは認められない。簗瀬氏は阿波国文庫蔵本の本文を『諸本校異方丈記諸抄大成』に依拠して立論しているが、同書の翻刻については疑問とすべきところが少なくない。また、第二種本の間で活字の差し替えが行われていることは、高木浩明氏注(8)前掲論文に指摘がある。

(17)林望氏『リンボウ先生の書物探偵帖』所収「嵯峨本を夢む――本阿弥光悦の印刷工房――」(講談社文庫、二〇〇〇年。初出、『典籍図録集成 1嵯峨本考』名著普及会、一九九二年)。

(18)山根有三氏『山根有三著作集 一 宗達研究 一』所収「宗達の芸術とその時代」(中央公論美術出版、一九九四年。初出、『宗達』日本経済新聞社、一九六二年)、中部義隆氏「謡本大原御幸と後藤本の木版雲母刷料紙装飾について」(『大和文華』第九十号、一九九三年)、玉蟲敏子氏『俵屋宗達――金銀の〈かざり〉の系譜――』第六章「金銀泥絵・金銀泥摺絵と雲母刷ブック・デザインの交流――寛永十年紀「草木摺絵新古今集和歌巻」を手掛かりに――」(東京大学出版会、二〇一二年。初出、『国華』第一〇九二号、一九八六年)。

(19)江島伊兵衛氏・表章氏注(4)前掲書。

(20)江島伊兵衛氏・表章氏注(4)前掲書第三章二「慶長期の雲母文様の諸資料」。

(21)保坂本、細川幽斎自筆本による。川瀬一馬氏「細川幽斎自筆の方丈記について」(『静岡英和女学院短期大学紀要』第十号、一九七八年)参照。

(22)神田邦彦氏「先行研究に見る、『方丈記』の諸本とその影印・翻刻・解題一覧(稿)」(『国文学研究資料館創立四〇周年特別展示 鴨長明とその時代 方丈記八〇〇年記念』二〇一二年)参照。

(23)今村みゑ子氏『鴨長明とその周辺』第一部第一編第四章「略本・流布本『方丈記』をめぐる――一条兼良のこと、および享受史――」(和泉書院、二〇〇八年。初出、『飯山論叢』第十四巻第二号、一九九七年)参照。

(24)梅谷繁樹氏「伝烏丸光広卿筆『方丈記』断簡」(『園田語文』第五号、一九九〇年)に紹介されたもの。光広筆との蔵田宗英の極札が付された『方丈記』の断簡だが、梅谷氏も光広筆と断定することには慎重な態度をとっている。本断簡の筆跡は素庵の特徴を多分に有しており、素庵筆と考えてほぼ間違いのないものと考えられる。

国文学研究資料館影印叢書7
嵯峨本（さがぼん） 方丈記（ほうじょうき）

所蔵・編集　人間文化研究機構 国文学研究資料館
発行者　池嶋洋次
発行所　勉誠出版(株)
〒101-0051 東京都千代田区神田神保町三-一〇-二
電話 〇三-五二一五-九〇二一

二〇一六年九月十四日　初版発行

ISBN978-4-585-29130-5　C3091

伊勢物語 坊所鍋島家本

佐賀藩鍋島家伝来、現佐賀県立図書館蔵を全巻原寸フルカラー複製。
伝肖柏筆本に近い本文を持つ。朱書による句読点や四点濁点が用いられ、国語史研究にも有用な形態を持つ。

国文学研究資料館 監修
今西祐一郎 序文／田村隆 解説・本体一五〇〇〇円（+税）

源氏物語 榊原本

鎌倉時代の書写本にして青表紙本の本文をもつ、希少かつ重要な古写本を完全影印。筆跡は鎌倉中期と推察され、鋭く筆力があり、暢達し堂々としたいわゆる後京極様につらなる。源氏物語大成の現存重要諸本にあげられた榊原本の再出現。

国文学研究資料館 編
今西祐一郎 序文／池田和臣 解題・本体七五〇〇〇円（+税）

鵜飼文庫 蜻蛉日記 阿波国文庫本

阿波国文庫旧蔵本を高精細写真版で全篇影印。書き入れや校訂の跡を有する本書は、現代の多くの注釈書が依拠する桂宮本を相対化するものであり、「推定本文批判」により成り立つ現在の『蜻蛉日記』研究に対し、本文批評の基盤を構築する礎となる。

国文学研究資料館 編
今西祐一郎 序文／福家俊幸 解説・本体二五〇〇〇円（+税）

狂言絵 彩色やまと絵

江戸前期における狂言の実態を視覚化したものとして、大変貴重な資料である濃彩色のやまと絵で描かれた六〇図全編をフルカラーで影印。諸本を博捜し、同書の位置付けを示す解題ならびに各曲解説を附した。

国文学研究資料館 編
小林健二 解説・本体一三〇〇〇円（+税）

チェスター・ビーティー・ライブラリィ
絵巻絵本解題目録
図録篇・解題篇　全二冊

アイルランド共和国チェスター・ビーティー・ライブラリィ蔵の、絵巻・絵本の解題目録。最大四〇〇〇字に及ぶ精密な解説が載る解題篇、および、全二六三点の図版に日本語・英語で解説を付した図録篇の二分冊。

国文学研究資料館
The Chester Beatty Library　共編・本体四七〇〇〇円（＋税）

陽明文庫　王朝和歌集影

陽明文庫の持つ膨大な名品の中から、王朝和歌文化一〇〇〇年の伝承を凝縮。真髄を明らかにする名品群を精選・解説。最新の印刷技術により、実物に迫る美麗な姿でフルカラー再現。第一級の研究者たちによる「解説」を加え、刊行する。

国文学研究資料館　編・本体一八〇〇〇円（＋税）

集と断片
類聚と編纂の日本文化

類聚・編纂という行為は、知を切り出し断片化していくことと表裏を為す。すなわち「断片」と「集」の相互連環が新たな知の体系を不断に創り出していく。古代から近代にわたる知の再生産の営みに着目し、日本文化の特質を炙り出す。

国文学研究資料館
コレージュ・ド・フランス日本学高等研究所　編・本体八〇〇〇円（＋税）

もう一つの日本文学史
室町・性愛・時間

「室町」―女・語り・占いというキーワードから室町の庶民文化像を炙り出す。「性愛」―江戸期のジェンダーの多様性、春画・春本の歴史的・文化的位置を提示する。「時間」―コトバと時間にまつわる様々な諸相から、「時」の歴史の断片を垣間見る。

国文学研究資料館　編・本体二八〇〇円（＋税）